엄마와 함께

기적의 글쓰기 100일 작전 워크북

책고래

월 일 요일

오늘의 단어

소곤소곤

그림으로 표현해 보세요.

월 일 요일

오늘의 단어

꾸역꾸역

그림으로 표현해 보세요.

월 일 요일

오늘의 단어

강아지

그림으로 표현해 보세요.

월 일 요일

오늘의 단어

씰룩씰룩

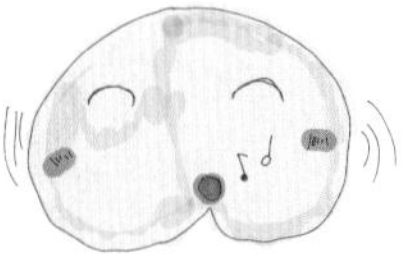

그림으로 표현해 보세요.

월 일 요일

오늘의 단어

똥

그림으로 표현해 보세요.

월　　일　　요일

오늘의 단어

아침

그림으로 표현해 보세요.

월 일 요일

오늘의 단어

반짝반짝

그림으로 표현해 보세요.

월 일 요일

오늘의 단어

쫄깃쫄깃

그림으로 표현해 보세요.

월 일 요일

오늘의 단어

뒹굴뒹굴

그림으로 표현해 보세요.

월 일 요일

오늘의 단어

수북수북

✎ 그림으로 표현해 보세요.

월 일 요일

오늘의 단어

출렁출렁

그림으로 표현해 보세요.

월 일 요일

오늘의 단어

솔솔

그림으로 표현해 보세요.

월 일 요일

오늘의 단어

후다닥

그림으로 표현해 보세요.

월 일 요일

오늘의 단어

입꼬리

그림으로 표현해 보세요.

월 일 요일

오늘의 단어

톡톡

그림으로 표현해 보세요.

월 일 요일

오늘의 단어

흥얼흥얼

그림으로 표현해 보세요.

월 일 요일

오늘의 단어

으슬으슬

그림으로 표현해 보세요.

월 일 요일

오늘의 단어

우글우글

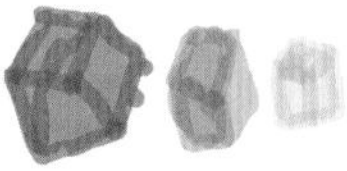

그림으로 표현해 보세요.

월 일 요일

오늘의 단어

보들보들

그림으로 표현해 보세요.

월 일 요일

오늘의 단어

폴짝폴짝

그림으로 표현해 보세요.

월 일 요일

오늘의 단어

꼬불꼬불

그림으로 표현해 보세요.

월 일 요일

오늘의 단어

알록달록

그림으로 표현해 보세요.

월 일 요일

오늘의 단어

꾹꾹

그림으로 표현해 보세요.

월 일 요일

오늘의 단어

질퍽질퍽

그림으로 표현해 보세요.

월 일 요일

오늘의 단어

마스크

그림으로 표현해 보세요.

월 일 요일

오늘의 단어

고기

그림으로 표현해 보세요.

월 일 요일

오늘의 단어

찰랑찰랑

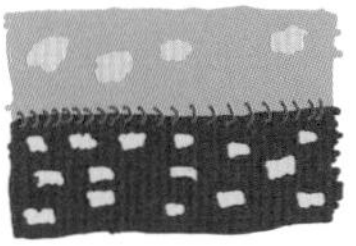

✎ 그림으로 표현해 보세요.

월 일 요일

오늘의 단어

사르르

그림으로 표현해 보세요.

월 일 요일

오늘의 단어

걸걸하다

그림으로 표현해 보세요.

월 일 요일

오늘의 단어

그림

그림으로 표현해 보세요.

월 일 요일

오늘의 단어

국물

그림으로 표현해 보세요.

월 일 요일

오늘의 단어

가을

그림으로 표현해 보세요.

월 일 요일

오늘의 단어

음악

그림으로 표현해 보세요.

월 일 요일

오늘의 단어

엄마

그림으로 표현해 보세요.

월 일 요일

오늘의 단어

도대체

그림으로 표현해 보세요.

월　　일　　요일

오늘의 단어

인형

그림으로 표현해 보세요.

월 일 요일

오늘의 단어

호로록

그림으로 표현해 보세요.

월 일 요일

오늘의 단어

아삭아삭

그림으로 표현해 보세요.

월 일 요일

오늘의 단어

언니

그림으로 표현해 보세요.

월 일 요일

오늘의 단어

울긋불긋

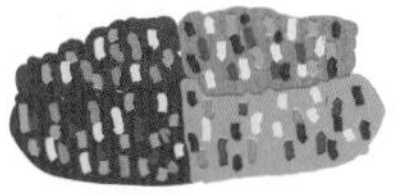

그림으로 표현해 보세요.

월 일 요일

오늘의 단어

발가락

그림으로 표현해 보세요.

월 일 요일

오늘의 단어

갑자기

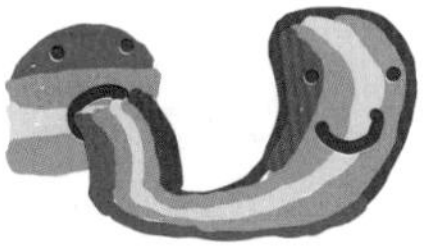

그림으로 표현해 보세요.

월 일 요일

오늘의 단어

인스타그램

그림으로 표현해 보세요.

월 일 요일

오늘의 단어

이불

그림으로 표현해 보세요.

월 일 요일

오늘의 단어

혼자

그림으로 표현해 보세요.

월 일 요일

오늘의 단어

가장

그림으로 표현해 보세요.

월 일 요일

오늘의 단어

아빠

그림으로 표현해 보세요.

월 일 요일

오늘의 단어

노릇노릇

그림으로 표현해 보세요.

월 일 요일

오늘의 단어

뚱뚱하다

그림으로 표현해 보세요.

월 일 요일

오늘의 단어

방석

그림으로 표현해 보세요.

월 일 요일

오늘의 단어

그림책

그림으로 표현해 보세요.

월 일 요일

오늘의 단어

소리

그림으로 표현해 보세요.

월 일 요일

오늘의 단어

뽑기

그림으로 표현해 보세요.

월 일 요일

오늘의 단어

걱정

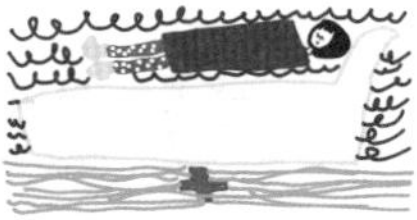

그림으로 표현해 보세요.

월 일 요일

오늘의 단어

파다닥

그림으로 표현해 보세요.

월 일 요일

오늘의 단어

간장게장

그림으로 표현해 보세요.

월 일 요일

오늘의 단어

영화

그림으로 표현해 보세요.

월 일 요일

오늘의 단어

얼음

그림으로 표현해 보세요.

월 일 요일

오늘의 단어

차가운

그림으로 표현해 보세요.

월 일 요일

오늘의 단어

감칠맛

그림으로 표현해 보세요.

월 일 요일

오늘의 단어

마음

그림으로 표현해 보세요.

월 일 요일

오늘의 단어

감각

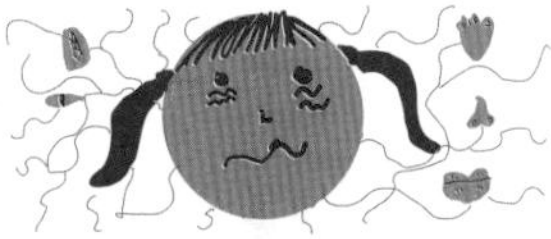

그림으로 표현해 보세요.

월 일 요일

오늘의 단어

퐁

그림으로 표현해 보세요.

월 일 요일

오늘의 단어

흥

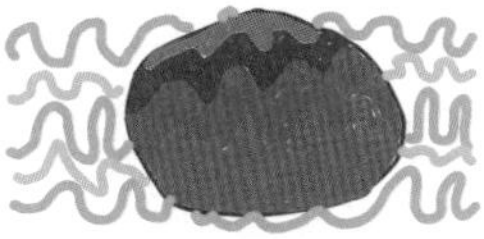

그림으로 표현해 보세요.

월 일 요일

오늘의 단어

야들야들

그림으로 표현해 보세요.

월 일 요일

오늘의 단어

아름답다

✎ 그림으로 표현해 보세요.

월 일 요일

오늘의 단어

눈

그림으로 표현해 보세요.

월 일 요일

오늘의 단어

배

그림으로 표현해 보세요.

월 일 요일

오늘의 단어

가리비

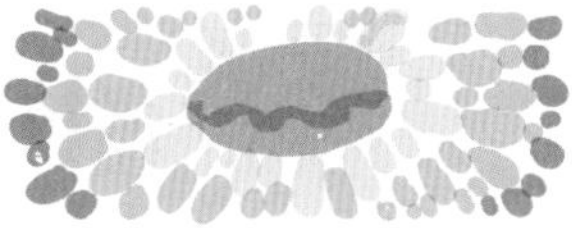

그림으로 표현해 보세요.

월 일 요일

오늘의 단어

왝

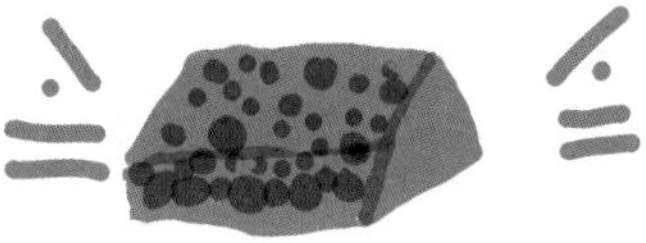

그림으로 표현해 보세요.

월 일 요일

오늘의 단어

좋아하다

그림으로 표현해 보세요.

월 일 요일

오늘의 단어

개운하다

그림으로 표현해 보세요.

월 일 요일

오늘의 단어

과연

그림으로 표현해 보세요.

월　　일　　요일

오늘의 단어

찌릿찌릿

그림으로 표현해 보세요.

월 일 요일

오늘의 단어

연습

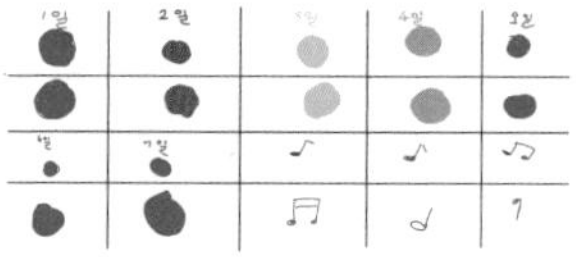

그림으로 표현해 보세요.

월 일 요일

오늘의 단어

롱패딩

그림으로 표현해 보세요.

월 일 요일

오늘의 단어

쫀득쫀득

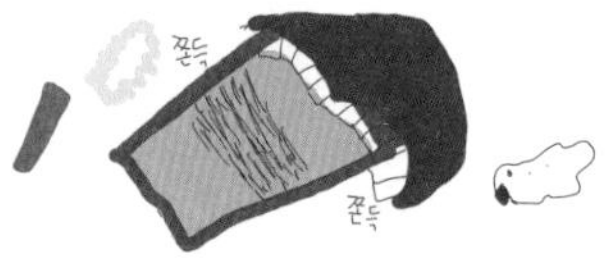

그림으로 표현해 보세요.

월 일 요일

오늘의 단어

일반쓰레기

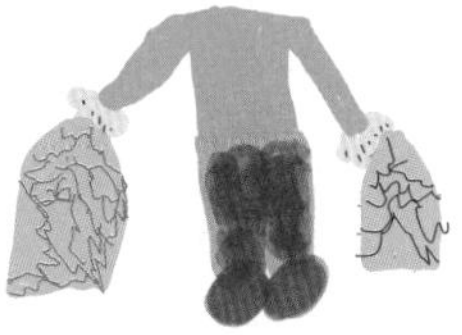

그림으로 표현해 보세요.

월 일 요일

오늘의 단어

과자

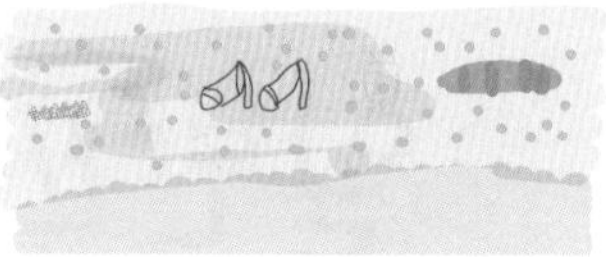

그림으로 표현해 보세요.

월 일 요일

오늘의 단어

편하게

그림으로 표현해 보세요.

월 일 요일

오늘의 단어

줄넘기

그림으로 표현해 보세요.

월 일 요일

오늘의 단어

역시

그림으로 표현해 보세요.

월 일 요일

오늘의 단어

쫑긋하다

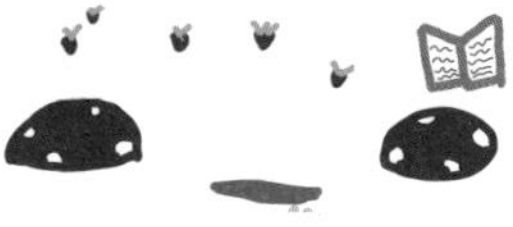

그림으로 표현해 보세요.

월 일 요일

오늘의 단어

비타민

그림으로 표현해 보세요.

월 일 요일

오늘의 단어

고소한

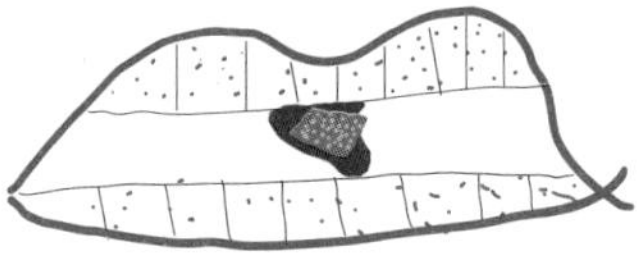

그림으로 표현해 보세요.

월 일 요일

오늘의 단어

웃기다

그림으로 표현해 보세요.

월 일 요일

오늘의 단어

선물

그림으로 표현해 보세요.

월 일 요일

오늘의 단어

그리다

✎ 그림으로 표현해 보세요.

월 일 요일

오늘의 단어

어떻게

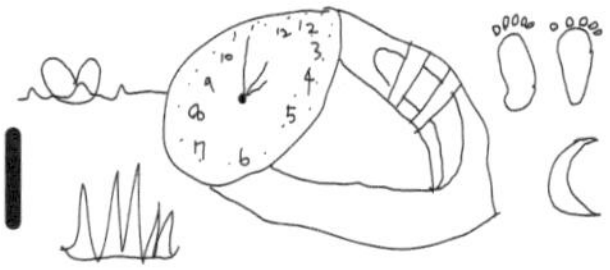

그림으로 표현해 보세요.

월 일 요일

오늘의 단어

설거지

그림으로 표현해 보세요.

월 일 요일

오늘의 단어

즐겁게

그림으로 표현해 보세요.

월 일 요일

오늘의 단어

오래

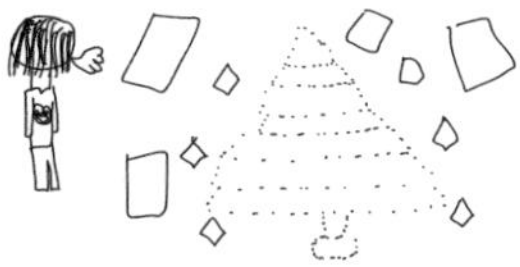

그림으로 표현해 보세요.

월 일 요일

오늘의 단어

감싸다

그림으로 표현해 보세요.

월 일 요일

오늘의 단어

바삭바삭

그림으로 표현해 보세요.

월 일 요일

오늘의 단어

음식

그림으로 표현해 보세요.

월 일 요일

오늘의 단어

감사

그림으로 표현해 보세요.

월 일 요일

오늘의 단어

전화

그림으로 표현해 보세요.

월 일 요일

오늘의 단어

신기하다

그림으로 표현해 보세요.

월 일 요일

오늘의 단어

상상

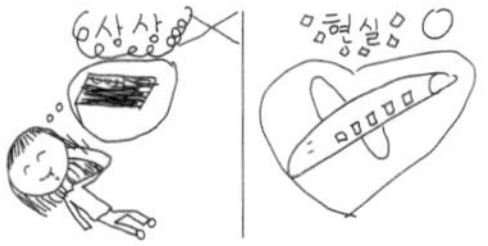

✎ 그림으로 표현해 보세요.

월　　일　　요일

오늘의 단어

시간

그림으로 표현해 보세요.

9월 28일 날씨
소곤소곤
시원한 가을 바람
이 나한테 살랑살랑 불어와
소곤소곤 속삭였다.

10월 3일 날씨 : 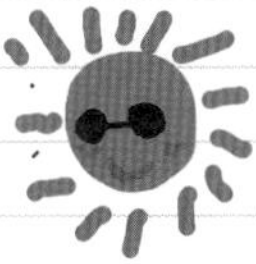

아침

빼꾸기가 내 아침을
깨운다. 빼꾹 빼꾹
숲속의 아침은 더
상쾌하다.

10월 4일 날씨 :

반짝반짝

밤에 반짝반짝한 별을
보는데 할아버지얼굴 같습
니다. 할아버지가 방긋
웃고 있습니다.

10월 16일 날씨: 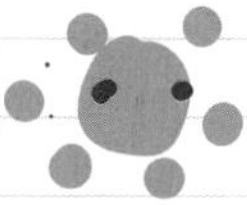

보들보들

내 곰인형은 보들보들 해서 언제나 내 마음을 따뜻하게 녹여줍니다.

10월 19일 날씨 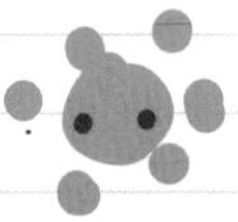
알록달록

바다에 햇살이 수를
놓았습니다. 알록 달록
반짝입니다.

11월 8일 날씨: 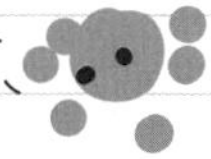

갑자기

말을 하는데 갑자기 무
지개 트림이 나왔습니다.
말을 잡아먹는 괴물 같
습니다.

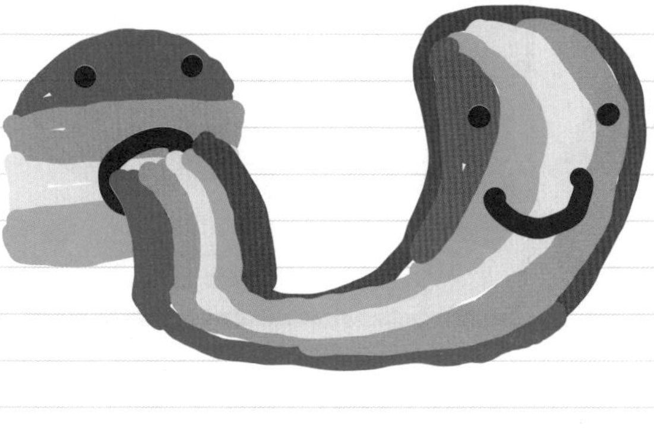

11월 13일 날씨: 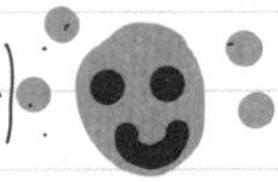

아빠

아빠는 나에게 슈퍼맨, 천사, 방귀 친구, 밥 청소기, 통통 곰, 멋진 아저씨, 뽀뽀 괴물입니다.

11월 18일 날씨:

소리

우리 나라 음악 공연을 보고 왔습니다.
차가운 겨울 바람도 잔잔하게 만
들어주다가 대금 소리는 뒷목을
콕 찌르는 것 같았습니다.

12월 23일 날씨:

선물

산타할아버지가 세계 곳곳을 다니다가 코로나에 걸려 못 올까 봐 걱정이 되었습니다. 선물은 받아야 되는데……

1월 4 일 날씨: 

상상

집에서 여러가지 상상을
해봅니다. 여행도 가보고 맛
있는 음식도 먹고. 상상은 가
짜입니다. 현실은 진짜입니다.